しゅくだい 大《おお》なわとび

福田岩緒

PHP

前《まえ》を　歩《ある》いている　三人《さんにん》が　ふりかえった。
ぼくは　下《した》を　むいた。
まんなかに　いるのが　たいち。からだが　大《おお》きくて、
クラスで　一番《いちばん》　つよい。
右《みぎ》に　いるのが　ようすけ。コバンザメの　ように、
いつも　たいちに　くっついている。
そして、左《ひだり》に　いるのが、ぼくと　同《おな》じ　団地《だんち》に
すんでいる　のぼるだった。

ぼくと　のぼるは　一番《いちばん》の　なかよしだった。
そののぼるが、ぼくの　きらいな　たいちと　いっしょに
いる。
たいちが、ようすけの　耳元《みみもと》に　顔《かお》を　よせた。
ようすけが、頭《あたま》を　ひょこひょこと　動《うご》かして、
「きゃはは」と、わらった。
ぼくは　横道《よこみち》に　それた。
何《なん》けんかの　新《あたら》しい　家《いえ》の　前《まえ》を　通《とお》りすぎると、
はらっぱに　でた。

黄色《きいろ》い　ビニールシートで
おおわれた　山《やま》が　あり、
そのまわりに
いろいろな　資材《しざい》が
置《お》いてあった。
　このはらっぱにも、
もうすぐ　家《いえ》が
たつのかもしれない。
　ぼくは
ビニールシートの、

むこうがわの　草《くさ》の　上《うえ》に、
ランドセルを　おろして
ねころんだ。
「なんで、
こうなっちゃったんだろう……」
空《そら》に　うかぶ　白《しろ》い　雲《くも》を、
ぼくは　ぼんやりと
ながめながら、今朝《けさ》の
ホームルームを
思《おも》いだしていた。

黒板《こくばん》の　前《まえ》に　立《た》った　林先生《はやしせんせい》が、両手《りょうて》を　こしに　あてて　教室《きょうしつ》を　見《み》まわした。

「二週間後《にしゅうかんご》の、来月《らいげつ》の　十月九日《じゅうがつここのか》に、三年生《さんねんせい》で　クラス対抗《たいこう》の、大《おお》なわとびを　することに　なった。もちろん、クラス全員《ぜんいん》が　さんかする。さっそく、今日《きょう》の　体育《たいいく》の　じゅぎょうから　練習《れんしゅう》を　はじめるぞ」

どっと、教室《きょうしつ》が　わいた。

「クラス対抗大《たいこうおお》なわとび大会《たいかい》」の　ルールは　かんたんだ。

大《おお》なわは　男子《だんし》と　女子《じょし》に　わかれて　とぶ。

一人《ひとり》ずつ　大《おお》なわに　入《はい》り、全員《ぜんいん》が　そろって　とんだ

回数《かいすう》で、かちまけを　決《き》める。

大《おお》なわとびに　大事《だいじ》なのが、とぶ人《ひと》の　体力《たいりょく》と、同《おな》じリズムで　大《おお》なわを　まわす　まわし手《て》だ。

林先生《はやしせんせい》は　まわし手《て》に、男子《だんし》は　たいちと　中山《なかやま》くんをえらんだ。

「えーっ！　おれ、とびたいよ！」
たいちは　ふまん顔《がお》だったけれど、
「まわし手《て》は、大《おお》なわとびの　リーダーでも　あるんだ」
先生《せんせい》の　その一言《ひとこと》で、たいちは　まわし手《て》に　決《き》まった。
女子《じょし》の　まわし手《て》は、背《せ》の　高《たか》い　水野《みずの》さんと
城田《しろた》さんに　すんなりと　決《き》まった。

男子《だんし》と　女子《じょし》に　わかれて、練習《れんしゅう》が　はじまった。
先生《せんせい》の　ふえの　あいずで、一人《ひとり》ずつ　大《おお》なわに
入《はい》ることに　なった。
うまく　大《おお》なわに　入《はい》れない　友達《ともだち》が　何人《なんにん》か　いた。
そのたびに　みんなが　わらった。
ぼくも　わらった。
すぐに　ぼくの　番《ばん》が　きた。
ぼくは　回転《かいてん》している　なわを　目《め》で　おいながら、
とびこむ　タイミングを　ねらった。

「いまか……ちがう。
あれ、ここか？
なんだ……」
おかしい、とびこむ
タイミングが
なかなか　つかめない。
「なにしてんだよ！
はやく　入《はい》れよ」
たいちの　大《おお》きな
声《こえ》が　聞《き》こえた。

みんなの　目《め》が
ぼくに　集《あつ》まってる。
ぼくは　ひっしで、
まわっている
大《おお》なわを　見《み》つめた。
見《み》つめれば
見《み》つめるほど、
なわの　回転《かいてん》が
はやくなっていくように
見《み》えた。

「みんな　まってるんだぞ！
とべよ　はやく！」
たいちの　大声《おおごえ》が、
ぼくを　せきたてる。
まわっている　なわが、
ぼくには　何本《なんぼん》にも
見《み》えた。
からだじゅうが
かたまって、とびこむ
タイミングが、まるで

わからなくなっていた。
「もう　どけろよ！」
たいちの　どなり声《ごえ》が、
ぼくの　背中《せなか》を
どんっと　おした。
パニックのまま、
ぼくは　大《おお》なわに
とびこんでいった……。
わらい声《ごえ》が
ぼくを　つつんだ。

「はぁ……」
ため息《いき》を　こぼした　ぼくの　鼻《はな》に、赤《あか》とんぼが
とまった。
ぼくは　しずかに　右手《みぎて》を、赤《あか》とんぼに　近《ちか》づけた。
「？」
赤《あか》とんぼは　にげなかった。
あっけなく、赤《あか》とんぼは　ぼくの　指《ゆび》に　つかまった。
ぼくは　からだを　おこして、赤《あか》とんぼの　はねを　広《ひろ》げ、
そのまま　強《つよ》く　引《ひ》っぱった。

はねの　はしが　ちぎれた。
はねの　かけらが、ぼくの　指《ゆび》に　のこった。
赤《あか》とんぼが、はげしく　からだを　ふるわせた。
ぼくは　びっくりして、赤《あか》とんぼを　はなした。
赤《あか》とんぼは、かけた　はねの　まま、ふらふらと
とんでいった。
指《ゆび》に　のこった　はねの　かけらが、魚《さかな》の　うろこの
ように　きらっと　光《ひか》った。
　こわくなって、ぼくは　ランドセルを　つかんで、
立《た》ちあがった。

ぼくが　夕食《ゆうしょく》を　食《た》べおえた時《とき》、お父《とう》さんが　仕事《しごと》から帰《かえ》ってきた。

お父《とう》さんに　おねがいして、パソコンで　大《おお》なわとびの動画《どうが》を　さがしてもらった。

動画《どうが》の　なかの　みんなは、きれいに　大《おお》なわにとびこんでいた。

――大《おお》なわが　目《め》の前《まえ》を　通《とお》ったら　すぐ入《はい》れ――

林先生《はやしせんせい》が　なんども　いっていたように、通《とお》りすぎた大《おお》なわを　おうように、みんな　とびこんでいた。

食事《しょくじ》を　おえた　お父《とう》さんが、パソコンの　画面《がめん》を
のぞきこんできた。

「そうた、大《おお》なわとびが　できないのか？」

「う、うん」

いきなり　いわれて、ぼくは　正直《しょうじき》に　こたえてしまった。

「じゃあ、ちょっと　練習《れんしゅう》してみるか？」

「今《いま》から？」

時計《とけい》を　見《み》ると、八時《はちじ》を　すぎていた。

夜《よる》の　公園《こうえん》には、
もちろん　だれも
いなかった。
どこかで、しつこく
犬《いぬ》が　ないていた。
お父《とう》さんが、なわとびの
かたほうを　ジャングルジムに
むすびつけた。
「ゆっくり　まわすからな」
たいちが　まわす

半分《はんぶん》くらいの
はやさだった。
それでも、最初《さいしょ》の
一歩《いっぽ》は　なかなか
ふみだせなかった。
「いまだ！」
お父《とう》さんが、あいずを
だしてくれても、ぼくは
動《うご》けなかった。
お父《とう》さんが　なわを　止《と》めた。

「いいか　そうた、お父《とう》さんが〝いまだ！〟って　いったら、
とにかく、なわに　むかって　走《はし》ってみろ」

そういって、もっと　ゆっくりと　なわを　まわしはじめた。

「いくぞ、い～ち　に～の　さ～ん　いまだ！」

ぼくは　なにも　考《かんが》えずに、なわに　むかって　走《はし》った。

「入《はい》れたっ‼」

あっけなかった。

お父《とう》さんが　うれしそうに　いった。

「ほ～ら、入《はい》れたじゃないか。入《はい》ったら　今度《こんど》は
ジャンプすれば　いいんだ」

入《はい》ることは　できたけれど、その場《ば》で　ジャンプして、なわを　とぶのが　大変《たいへん》だった。

ジャンプが　うまく　つづかないのだ。

二回《にかい》　とんで　なわに　かかったり、三回《さんかい》　とべても、四回目《よんかいめ》の　ジャンプの　タイミングが　まるで合《あ》わなかったり……。

「よし、今日《きょう》は　もういいだろ。がんばったな」

お父《とう》さんが　ぼくの　頭《あたま》を　なでてくれた。

いつのまにか、しつこく　ほえていた　犬《いぬ》が、なくのをやめていた。

大《おお》なわが　まわっていても　ちっとも　こわくなかった。
なわが　目《め》の前《まえ》を　通《とお》りすぎた。
「いまだ！」
ぼくは　最高《さいこう》の
タイミングで
とびこんだ。
かんたんだった。
だれよりも
スムーズに、
だれよりも

かっこよく、
ぼくは　大《おお》なわに
とびこんだ。
何度《なんど》も
とびこんだ。
何度《なんど》やっても、
かんたんに　とびこめた。
大《おお》なわに　入《はい》った　ぼくは、いつまでも
とびつづけられた。ぜんぜん　つかれなかった。
まるで、別人《べつじん》に　変身《へんしん》したみたいだった。

みんなが　おどろいていた。
たいちも
びっくりした　顔《かお》で、
ぼくを　見《み》ていた。
あせが　とびちる。
気持《きも》ちよかった。
最高《さいこう》の　気分《きぶん》だった。
とんでいる　ぼくを
だれかが　よんでいた。
「そうた！　はやく

おきなさい！
ちこくするわよ！」
まゆを　よせた
お母《かあ》さんが、ぼくを
のぞきこんでいた。
夢《ゆめ》から　さめても、
その時《とき》の　こうふんが
のこっていた。
はやく　学校《がっこう》へ　行《い》きたかった。
はやく　大《おお》なわを　とびたかった。

朝《あさ》、のぼるは　こなかった。
いつも　むかえにきてくれていたのに……。
こないと　わかっていても、やっぱり　さみしかった。
教室《きょうしつ》に　入《はい》ると、やっぱり　のぼるは　たいちたちと
いっしょに　いた。
その時《とき》　はじめて、ぼくは　たいちよりも　のぼるに
はらが　たった。

まちにまった
体育《たいいく》の　時間《じかん》が　きた。
とべないのは
ぼくと　田中《たなか》くん、
そして　女子《じょし》の
仲根《なかね》さんの　三人《さんにん》だけに
なっていた。
練習《れんしゅう》が　はじまると
すぐに、女子《じょし》の　方《ほう》から
「わーっ！」と、

かんせいが　あがった。
仲根《なかね》さんが、大《おお》なわの
なかに　入《はい》って　いた。
全員《ぜんいん》での　ジャンプを
何回《なんかい》か　とんだあと、
仲根《なかね》さんは
うれしそうに、
なかよしの　友田《ともだ》さんと
だき合《あ》った。

「どこ　見《み》てんだよ！」
たいちに　どなられた。

ぼくの　前《まえ》の　安田《やすだ》くんは、
いつのまにか　大《おお》なわの　なかで　ジャンプしていた。
「はやく　入《はい》ってこいよ！」
安田《やすだ》くんの　前《まえ》を　とんでいた　ようすけが、
ふりかえりながら　さけんだ。
そのとたん、ようすけの　足《あし》に　大《おお》なわが　引《ひ》っかかった。
はぁ　はぁ　はぁ……。
苦《くる》しそうに　ようすけが、ひざに　手《て》を　あてた。
「ようすけは　悪《わる》くないぞ！　そうたの　せいだぞ！」
たいちが、ようすけを　かばった。

やりなおしは、ぼくからの　スタートに　なった。

「ちゃんと　入《はい》れよ！」

「しっぱいするなよ！」

たいちが　うるさく　さけぶ。

お父《とう》さんが　まわしてくれた　なわよりも、たいちの
まわす　なわは　ずっと　はやかった。

「はやく！」

たいちの、大《おお》きな　声《こえ》が　ひびいた。

はじかれたように　ぼくは　前《まえ》に　でて、右足《みぎあし》を　なわに
打《う》たれた。

あとは　なにも　おぼえていない。

気《き》がついたら、体育《たいいく》の
時間《じかん》も　おわり、きゅうしょくの
時間《じかん》も　おわっていた。
休《やす》み時間《じかん》に　なっても、
ぼくは　つくえに
すわったままだった。
「そうちゃん……」
よばれて、ぼくは
顔《かお》を　あげた。
目《め》の前《まえ》に

のぼるが　いた。
口《くち》を　とじて、
こまったような
顔《かお》を　していた。
「なんだよ、
あっち行《い》けよ！」
ぼくは　のぼるを
にらみつけた。
おどろいた　のぼるは、
なにも　いわずに　教室《きょうしつ》を　でていった。

「どうだった？　大《おお》なわとび　だいじょうぶだったか？」
ふろあがりの　ぬれた　頭《あたま》を、バスタオルで
ふきながら　お父《とう》さんが　いった。
「う、うん……だいじょうぶだったよ」
「そうか、うまくいったか。
よかったよかった」
お父《とう》さんは　ぼくの
うそを、そのまま
しんじた。
「母《かあ》さん、ビール！」

お父《とう》さんの
声《こえ》が　はずんでいた。
お母《かあ》さんが　用意《ようい》した
ビールを、お父《とう》さんは
おいしそうに　のみはじめた。
お父《とう》さんの　顔《かお》は　すぐに　赤《あか》くなる。
ビールで、おさるさんみたいに
真《ま》っ赤《か》になる　お父《とう》さんが、ぼくは　大好《だいす》きだ。
そんな　お父《とう》さんに、ぼくは　平気《へいき》で　うそを
ついてしまった。

今日《きょう》は　土曜日《どようび》だった。
ぼくは　お昼《ひる》　すこし　前《まえ》に　おきた。
着《き》がえていると、田中《たなか》くんが　たずねてきた。
田中《たなか》くんは、中学生《ちゅうがくせい》の　お姉《ねえ》さんと　いっしょだった。
「橋本《はしもと》くん、いっしょに　大《おお》なわとびの　練習《れんしゅう》をしてくれない？」
なわとびの　なわを、ぼくに　見《み》せながら　田中《たなか》くんがいった。
わざわざ　二人《ふたり》で、うちまで　きてくれたので、ぼくはことわれなかった。

お父《とう》さんと　練習《れんしゅう》した、
公園《こうえん》の　ジャングルジムを
使《つか》うことにした。

お姉《ねえ》さんの　なわの
回転《かいてん》は、たいちたちと
同《おな》じ　はやさだった。

すごく　きんちょうした。
一度目《いちどめ》は　しっぱいした。
田中《たなか》くんも　ダメだった。
「ドンマイよ」

お姉《ねえ》さんの　声《こえ》は
やさしかった。
二人《ふたり》とも、二度目《にどめ》も
三度目《さんどめ》も　ダメだった。

——通過《つうか》する　なわを　おいかけて、走《はし》りだせ！——
お父《とう》さんが　いっていた　言葉《ことば》を　思《おも》いだした。
「いち　にの　さんっ　いまだ！」
目《め》を　つぶって　ぼくは　走《はし》りだした。
「わっ！」と、おどろいた　田中《たなか》くんの　声《こえ》が　聞《き》こえた。
入《はい》れた！
それからは、何度《なんど》やっても　なわの　なかに　とびこめた。
でも、とびこんでからが　ダメだった。
入《はい》ってから、その場《ば》での　ジャンプが
うまくできないのだ。

ジャンプしたとたん、なわが　首《くび》に　まきついたり、ジャンプできても、なわと　着地《ちゃくち》が　いっしょになってしまう。

それでも、やっと　大《おお》なわに　入《はい》れたんだ。

それだけでも　ぼくは　うれしかった。

「橋本《はしもと》くん、ちょっと　休《やす》む？」

なわを　止《と》めて、お姉《ねえ》さんが　田中《たなか》くんの　おしりを、ぱんと　たたいた。

「今度《こんど》は　さとしの　番《ばん》だよ」

田中《たなか》くんは、いっしょうけんめいだった。

本当《ほんとう》に　ひっしだった。

なんど　なわを　引《ひ》っかけても、
田中《たなか》くんは　すぐ　次《つぎ》に
ちょうせんした。
二回《にかい》　三回《さんかい》……八回《はちかい》　九回《きゅうかい》、

どれだけ　しっぱいしても
田中《たなか》くんは　へこたれなかった。
もう　何十回目《なんじっかいめ》かも
わからなくなった　時《とき》だった。
すっと　田中《たなか》くんが
なわの　なかに　入《はい》った。

あまりにも
とつぜんだった。
なかに　入《はい》った
田中《たなか》くんは、一度《いちど》
ジャンプして、
まわってきた　なわを
きれいに　とんだ。
「さとし！」
お姉《ねえ》さんが　さけんだ。
一度《いちど》　成功《せいこう》した

田中《たなか》くんは、
二度目《にどめ》も　三度目《さんどめ》も、
それからは
何度《なんど》やっても　うまく
なわに　とびこめた。
いったん　なわに
とびこんだ　田中《たなか》くんは、
ぼくと　ちがって
ジャンプが　とても
じょうずだった。

田中《たなか》くんの　顔《かお》は　こうふんで、真《ま》っ赤《か》に　なっていた。

うれしくて　たまらない　顔《かお》を　していた。

「さぁ、そうたくんも」

お姉《ねえ》さんが　田中《たなか》くんの　頭《あたま》を　なでてから、ぼくにいった。

「あ、ぼくは　これから　ちょっと　ようじが……」

「いいの？　やんなくて」

お姉《ねえ》さんは、ぼくのことを　心配《しんぱい》してくれていた。

でも、ぼくは　決《き》めていた。

のぼるの　顔《かお》を　思《おも》いうかべながら、お姉《ねえ》さんに

しっかりと　こたえた。
「はい、だいじょうぶです」

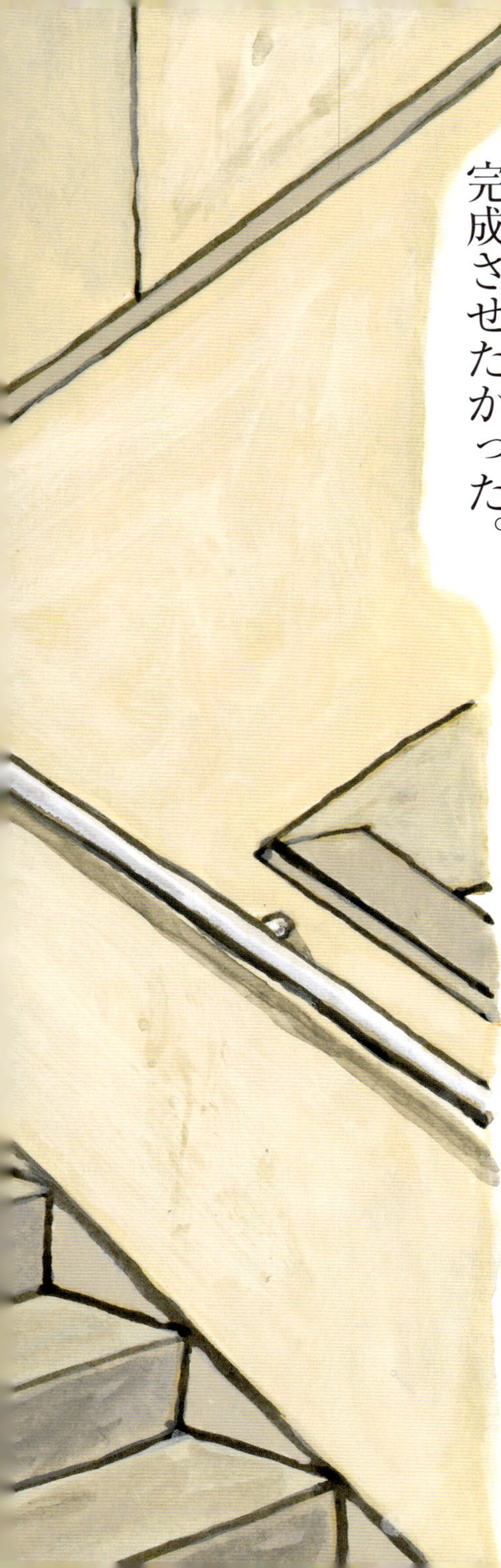

田中《たなか》くんたちと　わかれた　ぼくは、いそいで　お昼《ひる》を
すませて、のぼるが　住《す》んでいる　六号棟《ろくごうとう》に　むかった。
のぼるに　会《あ》いたかった。
のぼるに　あやまりたかった。
そして、のぼるに　手伝《てつだ》ってもらって、大《おお》なわとびを
完成《かんせい》させたかった。

六号棟《ろくごうとう》の　自転車置《じてんしゃお》き場《ば》に、たいちたちが　いた。

たいちの　前《まえ》に、のぼるが　立《た》っていた。

「なんでだよ、ゲームやるって　やくそくしただろ？」

たいちの、大《おお》きな　声《こえ》が　聞《き》こえた。

のぼるは　だまったまま、たいちを　見《み》つめていた。

「なんだよ！　なんか　いえよ！」

たいちが、のぼるの　むなぐらを　つかんだ。

それでも　のぼるは、たいちから　目《め》を　そらさなかった。
「こいつ！」
たいちが　こぶしを　ふりあげた。
ふりあげたまま、たいちの　動《うご》きが　とまった。
たいちを　見《み》つめている　のぼるの　目《め》に、なみだが
たまっていた。
「なんだよ　こいつ……」
こぶしを　おろして、たいちが　のぼるを　つきはなした。

帰《かえ》っていく　たいちたちを、見《み》つめている　のぼるに
声《こえ》を　かけた。
「のぼる……」
ぼくの　声《こえ》に　おどろいた　のぼるが、手《て》に
持《も》っていたものを、あわてて　後《うし》ろに　かくした。
（なわとびの　なわだ……）
やっぱり　のぼるは、ぼくのことを
心配《しんぱい》してくれていたんだ。
ついさっきの、のぼるの　顔《かお》を　思《おも》いうかべた。
だれよりも　やさしくて　気弱《きよわ》な　のぼるが、

あのたいちに　むかっていた　顔《かお》を。

鼻《はな》の　おくが
むずむずしたので、
ぼくは　あわてて　いった。
「大《おお》なわとびの　練習《れんしゅう》、
てつだってほしいんだけど」
「えっ？」
のぼるの　顔《かお》が、
ぱっと　あかるくなった。
「このあいだは　ごめん」
ぼくが　ぺこりと

頭《あたま》を　さげると、
のぼるは　ぱたぱたと
顔《かお》の　前《まえ》で
手《て》を　ふった。
「ううん、たいちの
いいなりになって……、
ぼくも　ごめん」
ぼくの　まねを
するように、のぼるも
ぺこりと　頭《あたま》を　さげた。

のぼるが　まわす　なわに、ぼくは　すんなり
とびこんだ。

とびこんだとたん、なわが　足《あし》に　からんだ。

「そうちゃん　すごいね、入《はい》れたね！」

「うん、でも　なかで　ジャンプできないんだ」

「あのね、入《はい》って　すぐに　なわを　とぼうとしないで、
一度《いちど》　小《ちい》さく　ステップするんだよ」

「ステップ？」

「うん」

なわに　とびこんで、いわれたように　ステップしてみた。

なわが　まわってきた。
ジャンプしたら……。

とべた!
だけど、次《つぎ》の　ステップで、また　なわに
かかってしまった。
でも、おちついて　一回《いっかい》は　とべたんだ。
それから、何度《なんど》も　何度《なんど》も　くり返《かえ》し　練習《れんしゅう》を　した。
ステップして　ジャンプ。
ステップして　ジャンプ。
このリズムを　おぼえるんだ。
少《すこ》しずつ　なわを　とぶ　回数《かいすう》が　ふえていく。

のぼるは
いやがらずに　なわを
まわしつづけてくれる。
それどころか、
うれしそうな　顔《かお》で　なわを
まわしつづけてくれる。
そして　とうとう、
ステップして　ジャンプする
リズムを、ぼくの
からだが　おぼえた。

ジャンプを　つづけている
ぼくと、のぼるの
目《め》が　合《あ》った。
のぼるが　わらっていた。
ぼくも　わらった。
ステップして　ジャンプ。
ステップして　ジャンプ。
夢《ゆめ》の　なかと　同《おな》じだった。
そのまま、ぼくは
いつまでも　とびつづけられた。

練習《れんしゅう》が　おわって、二人《ふたり》で　ジャングルジムに　のぼった。
夕方《ゆうがた》には　まだ　はやいのに、赤《あか》とんぼが　とんでいた。
〝赤《あか》とんぼだ……〟
かけた　はねのまま、ふらふらと　とんでいった、
あの時《とき》の　赤《あか》とんぼを　思《おも》いだした。
ちくっと、むねが　いたんだ。
「田中《たなか》くんも、早《はや》く　とべるように　なると　いいね」
のぼるが　公園《こうえん》を　ながめながら　いった。
「田中《たなか》くんも　だいじょうぶ……だと　思《おも》うよ」
のぼるの　やさしい　横顔《よこがお》を　見《み》つめながら、ぼくは

こたえた。

福田岩緒（ふくだ　いわお）

1950年、岡山県生まれ。『がたたんたん』（ひさかたチャイルド）で絵本にっぽん賞受賞。主な作品に『おならばんざい』（ポプラ社）、『ぼくは一ねんせいだぞ！』（童心社）、『夏のわすれもの』『ぼくだけのおにいちゃん』（以上、文研出版）、『わらってるわらってる』（フレーベル館）、『おつかいしんかんせん』（そうえん社）、『ちょっとだけタイムスリップ』『しゅくだいさかあがり』（以上、ＰＨＰ研究所）などがある。日本児童出版美術家連盟会員。

しゅくだい大《おお》なわとび

2016年１月29日　第１版第１刷発行

作・絵　福田岩緒
発行者　山崎　至
発行所　株式会社 PHP研究所
東京本部　〒135-8137　江東区豊洲 5-6-52
児童書局　出版部　☎03-3520-9635（編集）
普及部　☎03-3520-9634（販売）
京都本部　〒601-8411　京都市南区西九条北ノ内町 11
PHP INTERFACE　http://www.php.co.jp/
印刷所・製本所　共同印刷株式会社
制作協力・組版　株式会社 PHPエディターズ・グループ
装　幀　本澤博子

ISBN978-4-569-78526-4

NDC913　79P　22cm